W0273798

La Nenúfar i la Matoll a...

Operació Llampec

Estrella Polar

Llibre realitzat amb llicència de Corporació Catalana de Mitjans Audiovisuals, SA
Basat en el programa *La família del Super3* produït per Corporació Catalana de Mitjans Audiovisuals, SA

© Corporació Catalana de Mitjans Audiovisuals, SA, 2018
© del text: Santi Anaya, 2018
© de les il·lustracions: Àlex Roca, 2018
© d'aquesta edició: Edicions 62, SA, 2018
Estrella Polar, Av. Diagonal, 662-664, 08034 Barcelona
www.estrellapolar.cat

Disseny i maquetació de l'interior: Endoradisseny

Primera edició: novembre del 2018

ISBN: 978-84-9137-674-3
Dipòsit legal: B.21.819-2018
Imprès a Catalunya

Queda rigorosament prohibida sense autorització escrita de l'editor qualsevol forma de reproducció, distribució, comunicació pública o transformació d'aquesta obra, que serà sotmesa a les sancions establertes per la llei. Podeu adreçar-vos a Cedro (Centro Español de Derechos Reprográficos, www.cedro.org) si necessiteu fotocopiar o escanejar algun fragment d'aquesta obra (www.conlicencia.com; 91 702 19 70 / 93 272 04 47). Tots els drets reservats.

La Família del Super3

La Nenúfar i la Matoll a...

Operació Llampec

Estrella Polar

Benvinguts a la casa de La Família del Super3

A simple vista, podries pensar que és una casa normal, com qualsevol altra. Però, si ho fessis...

ESTARIES MOLT EQUIVOCAT!

Perquè... dins d'aquestes parets... res és normal.
Tot el que hi passa és

extraordinari!

I quan coneguis els seus habitants, comprendràs molt bé per què és així.

Au, passa la pàgina, que els coneixeràs!

ÀLEX *La mami*

Inventora desastre.
Tots els seus invents fan...

BUM!

PAU *El papi*

Aventurer selvàtic una mica...

PORUC

FLUSKI *El Fluskinet*

Ídol de masses, segons ell,
extremament...

MANDRÓSZZZ...

PATI PLA *La Pati*

Veïna i amiga de la família, esportista i nebodeta del...

El dolent

SR. PLA

Malvat garrepa obsessionat a espiar i vèncer els...

Maleïts Rarets!!

RICK *L'altre dolent*

Ajudant pilota que fa tot el que li ordena el seu admirat... **cap.** Tot i que li fa por enfrontar-se a...

LES ELFES

NENÚFAR

Ella es veu... La seva germana la veu...

MATOLL

Ella es veu... La seva germana la veu...

1

Un rosegador afortunat serà el nostre convidat

Com cada divendres, abans d'acomiadar-se i sortir **CORRENTS** de l'escola amb les seves motxilles per tornar a casa, tots els nens i nenes de la classe de la Nenúfar i la Matoll estaven pendents del resultat del...

HAMSTERSORTEIG

A QUI LI TOCARÀ?

Qui serà el guanyador aquesta setmana?

A quin nen o nena li somriurà la sort aquesta tarda?

Com passava cada cap de setmana, un company o companya seria l'afortunat de cuidar el LLAMPEC, l'hàmster de la classe, i tornar-lo sa i estalvi el dilluns següent.

I és clar, com que tothom se'l volia emportar a casa el dissabte i el diumenge, no quedava cap altre remei que sortejar amb qui li tocaria anar.

I aquest cap de setmana, el Llampec el passarà a casa de...

En realitat, al paperet que havia tret la senyoreta de dins d'una capsa de cartró no hi havia escrit el nom de la Nenúfar, sinó que hi posava el de la seva germana:

Però com que totes dues viuen a la mateixa casa, que li toqués a la Matoll era com si li toqués a ella. Per fi podria viure el cap de setmana perfecte que tenia planificat des del primer dia de curs, amb l'hàmster més cuqui del món!

El meravellós cap de setmana amb el Llampec

—Ni parlar-ne! No permetré que el Llampec pateixi aquest calvari durant el MEU cap de setmana!

La Matoll estava decidida a no deixar que la bleda de la seva germana cuidés ni un segon el pobre LLAMPEC.

—Et vull a dos metres de nosaltres tot el cap de setmana!

Aquesta va ser l'ordre que li va donar la Matoll a la Nenúfar només treure-li l'hàmster de les mans i amagar-se'l entre els cabells esperrucats. Malauradament, la seva germana podia ser igual d'insuportable a dos metres de distància.

Però per què no me'l deixes? Va, Matoll, deixa'm que l'acaroni una miqueta. Va, Matoll, sisplau, només vull abraçar-lo i petonejar-lo una estoneta. No siguis egoista, Matoll! Si no me'l deixes l'hi diré al papi. I a la mami! I ells segur que et diran que me'l deixis. Ni que sigui per no sentir com em queixo tot el cap de setmana. A més, segur que el Llampec es mor de ganes que jo l'amanyagui. L'hi veig als ullets. Ell vol estar amb mi. Per tant, què? Me'l deixes o no?

—QUE NO, PESADA!!! NO TE'L DEIXO!!

La resposta de la Matoll havia estat molt clara. Farta de sentir la veueta dolça de la Nenúfar durant tot el viatge de tornada de l'escola a casa, havia explotat només entrar a l'hivernacle i l'hi havia deixat molt clar.

—Oblida't del Llampec, Nenúfar. M'ha tocat a mi cuidar-lo.

I ni les llagrimetes de la seva germana farien que canviés d'opinió.

—Pots estar tranquil, Llampec. No deixaré que se t'apropi ningú que et pugui traumatitzar.

O això pensava la Matoll fins que...

El **REXI** es va acostar pensant
que el que duia a les mans
era el seu berenar!

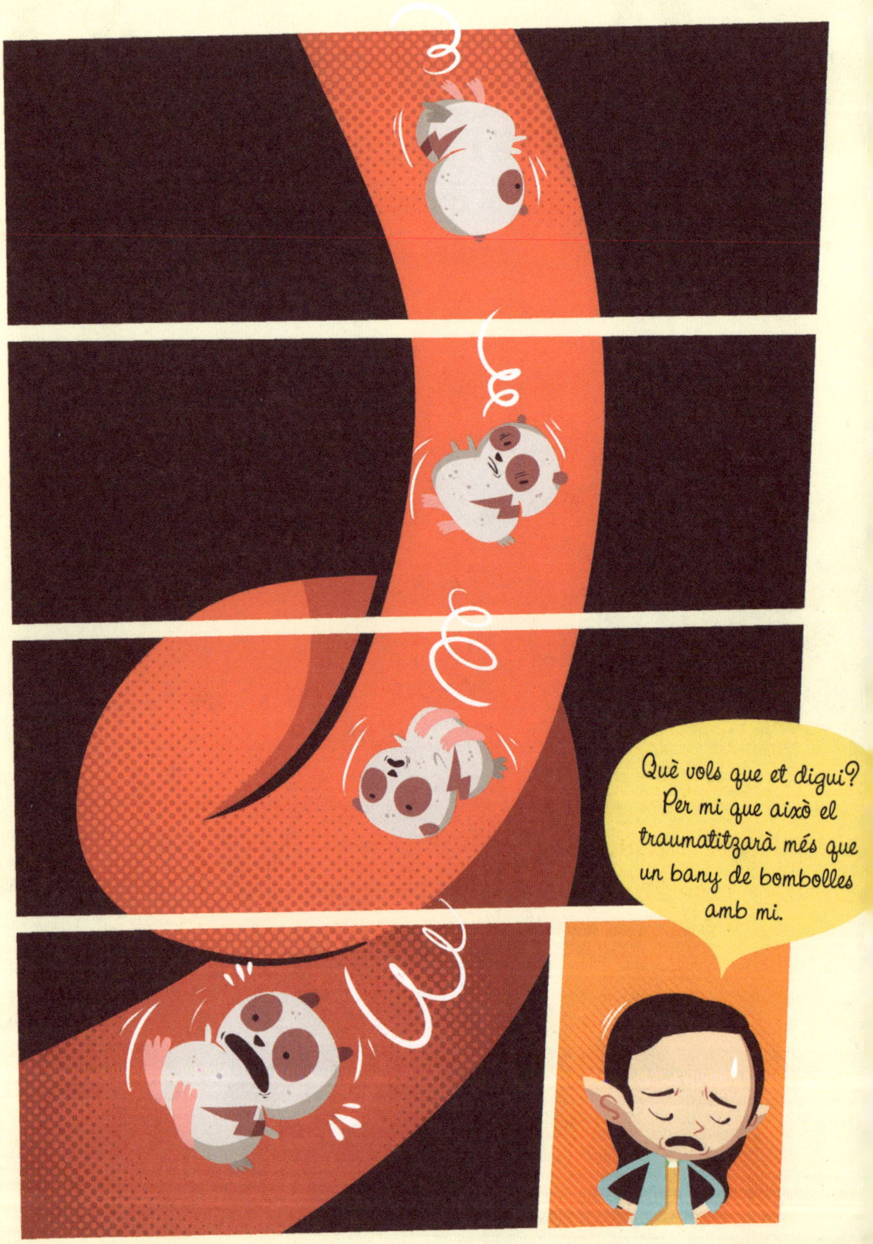
Què vols que et digui? Per mi que això el traumatitzarà més que un bany de bombolles amb mi.

Continuarà...

2

Un tiranosaure avergonyit. On és? Ha fugit!

La Matoll va cridar molt enfadada sense pensar en les conseqüències d'escridassar un tiranosaure:

ESCUP L'HÀMSTER, REXI! ARA MATEIX! EL LLAMPEC NO ERA EL TEU BERENAR! DOLENT!

Perquè potser no ho sabeu, però els tiranosaures no només són un dels carnívors caçadors més grans que han poblat mai la Terra, també són animals extremament sensibles que s'avergonyeixen molt quan fan les coses malament i algú estimat els renya.

Per aquest motiu, perquè estava terriblement avergonyit i era incapaç de mirar a la cara la Matoll, que estava enfadada amb ell...

El **REXI** va fugir corrents de casa amb el Llampec a dins la panxa!!!

—T'estàs lluint com a cuidadora del Llampec, eh, Matoll? —va dir la Nenúfar en veu alta per si la seva germana encara no ho tenia clar.

—Tu calla i ajuda'm a trobar el Rexi abans que el Pau i l'Àlex sàpiguen que se'ns ha escapat —va respondre la Matoll.

—Se'ns ha escapat?! Se t'ha escapat! A tu soleta. Jo era a dos metres —va aclarir la Nenúfar.

—Que m'ajudis abans que ho descobreixi algú, bleda! —va replicar la Matoll agafant la seva germana i arrossegant-la fora de l'hivernacle, on va descobrir que...

Era impossible que la fugida del Rexi fos un secret que podrien guardar entre germanes.

—Digue'm observadora, germaneta, però... em sembla que els papis i el Fluski ja saben que el Rexi se t'ha escapat —va dir la Nenúfar quan els va veure a tots tres esclafats dins d'una gran petjada de tiranosaure.

La Nenúfar i la Matoll van afanyar-se a ajudar el Pau, l'Àlex i el Fluski a recuperar-se de l'atropellament de dinosaure.

—Sabeu allò que diuen que quan estàs a punt de fer caput, et passa tota la teva vida per davant dels ulls? —va preguntar el Fluski encara marejat—. Doncs jo no he tingut temps. Només he vist un tiranosaure esclafar-me com a una cuca.

—Però com se us ha pogut escapar, el Rexi?! —va preguntar l'Àlex a la Nenúfar i la Matoll—. L'hem de trobar abans que faci mal a algú.

—Massa tard... —va deixar clar el Fluski, a qui li feia mal tot.

—Doncs llavors abans que algú li faci mal a ell —va respondre el Pau, preocupat pels perills que es podria trobar el Rexi fora de casa.

Però potser per a això també era massa tard. Perquè...

Algú amb les pitjors intencions estava observant el **REXI** en aquell precís instant.

Un dinosaure, Sr. Pla! És un dinosaure!
Genial, Rick! Acabo de tenir una idea malvada genial!

EL LLAMPEC A LA PANXA DEL REXI

Continuarà...

3

Un tiranosaure fugit? D'aquí, jo en trauré profit!

La família encara no ho sabia, però... el **REXI** estava en **PERILL!**

El Sr. Pla no pensava deixar que aquell tiranosaure campés tan tranquil en llibertat sense treure'n profit. De fet, només veure'l, el seu cervell malvat havia tingut una idea:

—Capturarem aquesta bèstia, Rick!

—Com?! Vol capturar un tiranosaure, cap? —va preguntar el Rick, una mica preocupat.

—Sí, soca! L'atraparem, el tancarem en una gàbia i...

—...cobrarem una bona picossada als milers de persones que el voldran venir a veure al meu parc de dinosaures! Em faré d'or! **D'or!!!**

Hahahahahahahahahahahahaha!!!

El Sr. Pla no podia deixar de riure malèficament, com feia sempre que se li acudia un pla malvat.

Hahahahahahahahahahahahaha!!!

El Rick, en canvi, tenia un dubte que no va poder estar-se de preguntar:

—Una coseta, cap. Com pensa capturar un dinosaure carnívor i terrorífic de més de set tones?

—Molt fàcil! Amb un esquer viu —va respondre el Sr. Pla mentre mirava el Rick amb un somriure murri.

—Esquer viu?! Quin esquer viu? —va deixar anar el Rick tement el pitjor.

—TU!!!

—Ai, mareta, que això no ho explico.

Espantat com estava, el Rick va intentar fer veure al Sr. Pla com de perillós era posar-se davant d'una bèstia carnívora vestit de bistec.

MANERES DE SER DEVORAT PER UN REX

Però ploriquejar i suplicar no li va servir de res!

Una pista que la família no havia tingut cap problema per trobar. Si alguna cosa bona té que se t'hagi escapat un tiranosaure és que...

No hi ha dubte de per on ha passat!

Mentrestant...

EL LLAMPEC A LA PANXA DEL REXI

Continuarà...

4

El Sr. Pla
el Rexi vol caçar!
Afanyem-nos!
Ho hem d'evitar!

El Pau, l'Àlex, el Fluski, la Nenúfar i la Matoll van seguir el rastre de cotxes **DESTROSSATS**, senyals de tràfic **ARRENCATS** i petjades gegants de tiranosaure incrustades a terra fins als voltants d'un parc. Allà, desenes de persones fugien corrents mentre cridaven espantades...

UN TIRANOSAURE!!!

CORREU!!! **FUGIU!!!**

HI HA UN TIRANOSAURE!!!

Llavors la Nenúfar va tancar els ulls, va alçar les mans i va concentrar-se moltíssim per invocar el seu ***SUPERPODER*** de percepció èlfica.

—Un moment! Els meus poders d'elfa em diuen alguna cosa! —va dir—. Em diuen que...

El Rexi és al parc!

—De debò? Al parc? No ho hauríem dit mai, Nenúfar —va respondre la Matoll amb ironia—. Sort que tenim els teus «poders». Sense tu no sabríem ni per on buscar el Rexi.

—Ho sé —va respondre la Nenúfar, xuleta.

—Que m'estava rient de tu, bleda! —va replicar la Matoll—. És evident que el Rexi és al parc.

—És clar! Ara sí. Perquè us ho he dit jo gràcies als meus poders.

—QUE TU NO TENS PODERS, FLIPADA!!!

—Sí que en tinc!

—NO EN TENS!

—Sí!

—NO!

—Sí!

Aquella discussió típica de germanes hauria pogut durar hores i hores i més hores. I realment hauria estat així si, de cop i volta..., no hagués passat volant per damunt dels seus caps un bistec amb cames!

—Vosaltres també esteu veient un bistec gegant volador que suplica clemència, oi? —va preguntar el Fluski per assegurar-se que no veia visions.

—Sí, nosaltres també, Fluski —van dir les dues germanes elfes, que havien deixat de discutir a l'instant.

—És el Rick disfressat d'esquer! —va dir el Pau alarmat—. Això vol dir que el Sr. Pla vol capturar el Rexi —va afegir encara més alarmat—. Búfal depilat! El Rexi està en perill!

—Incorrecte! —va intervenir l'Àlex—. Nosaltres ho evitarem. Perquè trobarem el Rexi abans que ells i el portarem a casa amb nosaltres —va afegir convençuda.

Però, en realitat, l'Àlex estava molt equivocada. Perquè el pobre **REXI** estava a punt de...

MOSSEGAR L'ESQUER!!!

—No pot ser! El Sr. Pla ha atrapat el Rexi! —va xisclar la Nenúfar.

—Rexi, sisplau, deixa anar aquest bistec i vine amb nosaltres —va demanar la Matoll sense èxit.

Els crits i els intents de la resta de la família per aconseguir que el Rexi deixés anar l'esquer tampoc van servir de res.

L'únic que podien fer en aquell moment era observar com el Sr. Pla s'allunyava rient malèficament amb la seva presa. O millor dit: les seves preses. Perquè recordem que dins de la panxa del Rexi hi anava també el Llampec, que la Matoll havia de tornar dilluns a l'escola.

NoooooOOOOooOOOOOOo!!!

Mentrestant...

EL LLAMPEC A LA PANXA DEL REXI

Continuarà...

5

El segrest del Rexi no hem evitat. On el deuen haver portat?

—Què fem aquí aturats?! Hem de rescatar el pobre Rexi en un ras-ras! —va dir el Pau esverat.

—Correcte! —va corroborar l'Àlex.

—I el Llampec també! —va puntualitzar la Matoll, que dilluns l'havia de tornar a l'escola.

—Doncs amb mi no hi compteu per alliberar el tiranosaure i l'hàmster de les urpes del Sr. Pla —va aclarir el Fluski, que tenia altres plans—. Aquestes missions són massa perilloses.

—Més perillós seria que els passés alguna cosa al Rexi i al Llampec i tu no ens haguessis ajudat a evitar-ho —va afegir la Matoll en un to amenaçant que va fer canviar el Fluski d'opinió.

—Ok. M'apunto. Però... algú sap on se'ls ha emportat?

—Tranquils! Jo ho esbrinaré com abans amb els meus poders d'elfa —va dir la Nenúfar tancant els ulls i concentrant-se moltíssim amb les mans alçades.

—Genial! No els trobarem mai —va dir la Matoll resignada.

—Bé, potser jo us puc ajudar a trobar-los —va anunciar la Pati Pla, que va aparèixer disposada a donar-los un cop de mà—. Mireu! Quan el tiet ha sortit de casa amb el Rick li ha caigut això de la butxaca.

—Búfal depilat! El Sr. Pla ha construït un parc de dinosaures per fer-se d'or cobrant entrada a tothom qui vulgui veure un tiranosaure viu.

Després de veure el plànol del Jurassic Pla, no hi havia cap dubte que el Rexi seria allà. Però, per si de cas, la Nenúfar va confirmar-ho:

—Ja ho tinc, família! Els meus poders d'elfa em diuen que al Rexi l'han capturat dins un parc de dinosaures que ha construït el Sr. Pla!

La Matoll es moria de ganes de cridar-li:

«PERÒ TU ET PENSES QUE SOM BABAUS?! ELS TEUS PODERS D'ELFA NO T'HAN DIT RES, FLIPADA!».

Però va passar de fer-ho perquè no podien perdre temps. L'operació d'infiltració i rescat al Jurassic Pla...

Acabava de començar!!!

—Jo vinc amb vosaltres —va dir la Pati Pla—. Potser puc convèncer el meu tiet perquè alliberi el Rexi.

—Potser sí, Pati Pla —va respondre l'Àlex, segura, com tota la família, que no seria així—. Però crec que és millor que ens preparem per si no ens l'entrega voluntàriament.

I el primer era descobrir quina seria la ruta que haurien de seguir fins al tancat del tiranosaure un cop fossin a dins del parc de dinosaures del Sr. Pla.

—Correcte! Ara només hem d'entrar-hi i caminar pel parc sense que ningú ens vegi, alliberar el Rexi, portar-lo de nou a casa i treure-li el Llampec de la panxa.

Dit així, semblava bufar i fer ampolles, però... ja us dic ara que seria molt més difícil d'aconseguir. I la família no s'imaginava fins a quin punt. Perquè ni el Pau, ni l'Àlex, ni el Fluski, ni la Pati Pla, ni la Nenúfar, ni la Matoll eren conscients dels perills i les sorpreses que els esperaven darrere les portes del...

6

Sense ser vistos
ens infiltrarem?
Ben aviat
ho descobrirem.

SOM-HI!!!

ENTREM-HI I RESCATEM EL REXI I EL LLAMPEC!!!

Un cop davant de la porta del Jurassic Pla, la Matoll, imaginant-se que el Sr. Pla tenia allà tancats contra la seva voluntat el seu amic tiranosaure i l'hàmster de classe, va explotar de ràbia i va decidir que els trauria d'allà pel seu compte amb el seu estil salvatge.

Així s'imaginava la Matoll que seria el seu rescat:

Però, per desgràcia, de vegades les coses no surten com les pensem. I quan la Matoll va portar a terme el seu rescat... va topar de morros contra la realitat!

O millor dit, contra la porta massissa del parc.

—Però mira que n'arribes a ser, d'animal —va dir la Nenúfar veient la patacada que acabava de clavar-se la seva germana—. Aquesta porta està pensada perquè no la pugui tirar a terra ni tan sols un dinosaure, bèstia.

—Aquesta porta de seguretat no l'aconseguirem obrir mai. Ens rendim i tornem a casa? —va preguntar el Fluski, que com era habitual preferia estar a casa dormint al sofà que en una missió de rescat.

—Incorrecte! Obrirem aquesta porta —va anunciar l'Àlex—. He portat un... R.O.S.S.I.NY.O.L.

—L'eina per forçar el pany d'una porta?

—No, Pau! El R.O.S.S.I.NY.O.L. Robot Obridor Súper Silenciós Increïblement de NYiguinyogui Oxidat i Lila.

—De nyigui-nyogui, oxidat i lila?! —va preguntar la Pati Pla, poc convençuda del funcionament d'aquella andròmina.

Ni el nom de l'invent donava confiança, aquesta vegada!

—Funcionarà! —va assegurar l'Àlex—. El R.O.S.S.I.NY.O.L. piratejarà el sistema de seguretat de la porta i l'obrirà sense que ningú ens detecti.

Llavors...

El R.O.S.S.I.-NY.O.L. va explotar, com la majoria d'invents de l'Àlex.

ALTRES INVENTS PER A L'OCASIÓ QUE TAMBÉ HAURIEN EXPLOTAT

C.A.T.A.P.U.L.T.A.

Catastròfica
~~Competent~~ Andròmina Totalment Acoblada Pensada per Ultrapassar Llargues Tanques Altes

A.R.I.E.T.

Àgil i Ràpid Infiltrador Especialment ~~Talentós~~
Trona

P.E.R.X.A.

Passarel·la Extensible ~~Ràpida Xica i Al·lucinant~~
Rebatejada Xurro de l'Àlex

UAAAAAA!!!

UAAAAAA!!!

UAAAAAA!!!

UAAAAAA!!!

L'explosió del R.O.S.S.I.NY.O.L. havia fet saltar l'alarma del parc, que no deixava de sonar amb força.

—Intrusos! Intrusos! —repetia una veu robòtica a través de la megafonia.

—Felicitats, Àlex. T'has lluït. Gràcies al teu invent ara tothom sap que som aquí —va dir el Fluski, que, ara més que mai, estava desitjant tornar a casa.

—Sí... però... Almenys ha obert la porta perquè hi puguem entrar, no?

Sent sincers, l'invent de l'Àlex no l'havia obert. Simplement l'explosió havia fet un gran forat a la porta.

—Però hi podem entrar pel forat, no? Doncs som-hi! —va ordenar l'Àlex, farta de parlar del seu invent fallit.

—I l'alarma, Àlex?! —van preguntar tots alhora.

—És igual, l'alarma. Si ens afanyem a rescatar el Rexi, el Sr. Pla ni s'adonarà que hem estat aquí.

Però això... no era ben bé així.

—Cap! Cap! Els rarets! Els rarets han entrat al parc! Segur que venen a salvar la bèstia aquella que quasi em devora! —va cridar el Rick nerviós i encara ple de baves i sucs gàstrics d'haver estat a la panxa del Rexi.

El Sr. Pla, en canvi, va mantenir la calma quan va veure la família a través de la pantalla de seguretat.

—No et preocupis, Rick. Ja comptava que els rarets vindrien a ficar-hi el nas, com sempre. Per això els tinc preparada una sorpresa.

—Quina sorpresa, cap?

—Una sorpresa que no els agradarà... GENS!!!!!

Mentrestant...

EL LLAMPEC A LA PANXA DEL REXI

Continuarà...

7

Alguna cosa ens segueix?! Per mi que avui algú se'ns cruspeix.

Un cop dins del parc, la família avançava seguint el camí traçat al mapa del Jurassic Pla. Encara no hi havia notícies de la sorpresa que el Sr. Pla els tenia preparada. Ni tan sols sabien que els tenia preparada una sorpresa terrorífica. Però, a mesura que s'endinsaven en el laberint que formaven els camins del parc, creixia la sensació que alguna cosa feia estona que els seguia.

FIIIIIIIIIIIIIIIIIIIIIIU!

—Ei! Heu sentit això?! —va preguntar el Fluski aturant-se espantat quan va tenir la sensació que alguna cosa havia passat corrents a tota velocitat per darrere seu.

FIIIIIIIIIIIIIIIIIIIIIIIU!

—Sí, sí! És clar que ho he sentit —va respondre el Pau quan ell també va tenir la mateixa sensació—. I m'ha semblat veure una espècie d'animal —va afegir espantat, imaginant-se quin animal podia ser.

POSSIBLES ANIMALS MÉS RÀPIDS QUE EL VENT.
UN BÚFAL DEPILAT. QUE ÉS MÉS AERODINÀMIC!
UN GUEPARD... QUE FA TARD!
UNA GENETA... AMB BICICLETA!

—No diguis bajanades, Pau. Això ha estat el vent —va assegurar l'Àlex.

GRRRRRRRRRRRRRRRRR!!!

—I el vent també rugeix? —va preguntar la Pati Pla sumant-se al Pau i al Fluski, que miraven espantats a totes bandes—. Aquí fora hi ha alguna cosa, Àlex.

—Segur que són dinosaures famolencs —va assegurar el Fluski—. Ho he vist a la tele, en aquests parcs sempre s'escapen i s'acaben cruspint els visitants!

—Però voleu parar de dir bestieses?! —va exclamar l'Àlex—. No veieu que espantareu la Nenúfar i la Matoll? —va continuar, en lloc de reconèixer que era ella qui s'estava espantant.

—Tranquil·la, nosaltres no tenim por, mami —va dir la Nenúfar, que caminava tan tranquil·la al costat de la Matoll.

—A més, és impossible que aquest soroll siguin dinosaures a punt d'atacar-nos. El Sr. Pla només té el nostre Rexi. No en té més per deixar-los anar.

—N'estàs segura, Matoll? —va preguntar el Pau, molt molt espantat—. Perquè, búfal depilat, jo ara mateix... n'estic veient un!

El crit del Pau, l'Àlex, la Pati Pla i el Fluski es va sentir a quilòmetres de distància. La Matoll i la Nenúfar, en canvi, ni tan sols es van espantar una miqueta perquè es veia clarament que aquell dinosaure no era de veritat.

—Però mira que sou porucs! —va dir la Matoll una mica avergonyida dels seus companys de rescat—. És de mentida.

CLONC! CLONC! CLONC!

—Ho veieu? És un robot —va mostrar picant-li el cap metàl·lic—. Aquest velociraptor no suposa cap perill.

NYAC!

—Bé, potser sí que suposa una mica de perill —va corregir la Matoll quan aquell dinosaure robot va estar a punt de mossegar-li la mà.

—I n'hi ha més! —va cridar la Pati Pla quan tres velociraptors com aquell van aparèixer i els van rodejar.

—Ja ho deia jo, que acabaríem sent el pica-pica d'uns dinosaures —va dir el Fluski.

—No tingueu por! Jo els aturaré amb els meus poders!

Aquesta era la intenció de la Nenúfar:

I aquest, el resultat real dels seus poders:

—Moltes gràcies, bonica! Ara també tindran amanida per acompanyar la carn! —va cridar el Fluski intentant deslliurar-se sense èxit per fugir corrents.

Per sort, la Matoll no havia quedat atrapada per les enfiladisses de la seva germana i va trobar un bon bassal de fang al seu abast.

Tot el que necessitava una elfa com ella per encarregar-se d'aquells carnívors de llauna.

XOF! XOF!
XOF! XOF!

BUM! BUM!
BUM! BUM!

La Matoll va llançar quatre grans boles de fang al cap dels dinosaures. Una a cadascun dels velociraptors mecànics, que, immediatament després de l'impacte rebut..., van començar a fer GUSPIRES fins a caure a terra com si s'haguessin espatllat.

—Correcte, Matoll! El fang els deu haver entrat fins al disc dur i els ha provocat un curtcircuit —va dir l'Àlex, que era una experta en andròmines que s'espatllen i exploten.

—Pobrets dinos robots. Ara em fan pena. Els has fet pols, germaneta —va dir la Nenúfar.

—Ho sé —va deixar anar orgullosa la Matoll—. No n'he tingut ni per començar.

—Cap! Cap! La petita rareta salvatge s'ha carregat els seus dinosaures robots! I ara els rarets i la seva nebodeta venen cap aquí —va dir el Rick nerviós al veure a través de les càmeres de seguretat del parc que la família, un cop alliberada de les enfiladisses de la Nenúfar, seguia el seu camí fins al tancat on hi havia atrapats el Rexi i el Llampec.

—És igual, Rick! Que vinguin! Encara tinc més sorpreses preparades per a ells!

HAHAHAHAHAHAHAHAHAHAHAHAHAHA!!!

8

Una sorpresa desagradable? Un Rexi gens amigable!

Després de recórrer el parc sencer, de sobreviure a l'atac dels velociraptors robots i de suportar les queixes del Fluski dient que li feien mal els peus de tant caminar, la família del Super3 finalment havia arribat davant del tancat del tiranosaure.

—El tiet deu tenir el Rexi i el Llampec aquí dins.

Ara només calia descobrir com entrar-hi per rescatar el Rexi i l'hàmster que portava dins de la panxa.

—Llàstima que no hagi portat un altre R.O.S.S.I.NY.O.L.

—Ui, sí, Àlex. Quina llàstima que no hagis portat un altre invent per veure si explotem tots.

—Potser jo puc obrir les portes amb els meus poders —va dir la Nenúfar.

—No, no, no, no! Poders no! —van respondre immediatament tots per no acabar com abans amb les enfiladisses.

—Llavors com entrem a salvar el Rexi i el Llampec?

—Picant a la porta, Matoll?! De debò penses que ens obriran?

Doncs sí! Els van obrir la porta!

—A mi, això em fa molt mala espina. Segur que, si hi entrem, el Sr. Pla ens en té alguna preparada —va dir el Fluski, que hauria donat el que fos per estar en qualsevol altre lloc.

—Ho sento, Fluski, però hem d'entrar en un ras-ras.

Si volien salvar el Rexi i el Llampec havien de creua la porta, que es va tancar darrere seu només entrar-h

BLAM!

De cop, la família es va veure rodejada d'una foscor impenetrable i una veu coneguda els va donar la benvinguda:

—Moltes gràcies per venir al Jurassic Pla, rarets.

La veu del Sr. Pla sonava malvada en la foscor mentre unes passes terribles feien vibrar el terra a mesura que s'apropaven a ells.

—Gràcies a la vostra visita m'estalviaré de comprar carn per alimentar el meu tiranosaure.

—El Rexi no és teu! És el nostre amic! I mai se'ns cruspiria! —va cridar la Matoll enfurismada, enmig de la foscor.

—Búfal depilat! Espero que tinguis raó, Matoll, perquè aquestes passes cada cop se senten més a prop.

—Doncs sí que s'equivoca, Flis-Flas. Perquè el vostre Rexi ara és...

EL TERRIBLE
TIRANOSAURE
PLA!!!!

De cop i volta, es va fer la llum i la família es va adonar que estava atrapada en una sala amb un Tiranosaure Rex que els mirava amb cara de voler-se'ls cruspir a tots. Era el Rexi, però no ho semblava. El seu Rexi, afectuós i juganer, ara era una bèstia terrorífica, carnívora i ferotge. Com si algú se li hagués menjat el cervell i l'hagués convertit en un dinosaure malvat.

—Aix, quina gran idea que ha tingut, cap. Amb aquest aparell al cap, el tiranosaure s'ha tornat dolent —va dir el Rick fent la pilota com sempre des de la llotja on el Sr. Pla i ell ho observaven tot.

—No pot ser. El Rexi mai serà dolent. El Rexi és un tros de pa —va corregir la Nenúfar.

—Exacte! És igual el que li hàgiu posat al cap. Ell mai se'ns menjaria —va assegurar la Matoll.

GLUBS!

I així, d'una sola queixalada, com si ella sí que fos un tros de pa, el Rexi es va empassar la Matoll.

Però també va ser així com la Matoll
es va retrobar amb...

EL LLAMPEC A LA PANXA DEL REXI

Continuarà...

9

**Si una solució
no trobem,
dins de la panxa
tots acabarem.**

El Rexi s'havia empassat la Matoll com si res. Dins de la seva panxa ja hi havia l'elfa i el Llampec. I encara en volia més! Influït per aquell aparell de control mental que duia al cap, el Rexi estava lluny d'estar tip i salivava pensant a cruspir-se tota la família.

NYAC! NYAC!

—Pati Pla, bonica, tu no deies que volies convèncer el teu tiet perquè oblidés el seu pla malvat del Jurassic Pla? —va dir el Fluski mentre esquivava les queixalades del Rexi—. Doncs ara és el moment.

—Eh?, sí, sí, Fluski. Ho intento —va respondre la Pati Pla.

NYAC! NYAC!

—No ho intentis. Aconsegueix-ho! O ben aviat tots farem companyia a la Matoll i el Llampec.

—Ok, ok, entesos... Ho aconseguiré —va assegurar la Pati mentre la família no parava de córrer davant del Rexi per no ser devorada—. Utilitzaré tots els meus trucs de nebodeta.

QUÈ DIR-LI AL TIET PERQUÈ ALLIBERI EL REXI?

—És igual! Ho recuperaré amb la picossada que cobraré per les entrades.

—No et preocupis, nebodeta. Jo ni m'hi apropararé. Això ho farà el Rick!

—Què?! Jo?!

La Pati Pla es va esforçar al màxim per fer la seva millor mirada entendridora de nebodeta. Qualsevol persona amb una miqueta de bondat hauria sucumbit, però... el Sr. Pla no va dubtar ni una miqueta! Res el faria renunciar a la seva idea de fer-se d'or gràcies al Rexi.

—Va, nebodeta, deixa't de miradetes i uneix-te a mi. El Jurassic Pla també pot ser teu.

—Ni parlar-ne, tiet —va refusar la Pati Pla—. Jo he vingut a ajudar la família a rescatar el Rexi.

—Família? Quina família! Aviat no quedarà ningú de la família. Perquè... el meu tiranosaure se'ls cruspirà a tots com ha fet amb la rareta salvatge!

NYAC! NYAC! NYAC!

—Búfal depilat! Jo ja no puc més! —va exclamar el Pau esgotat de córrer amunt i avall per no ser devorat.

—Jo tampoc. Hem de fer-hi alguna cosa —va dir l'Àlex.

—Doncs feu-la ja! —va cridar el Fluski desesperat.

—Però no sabem què! —van respondre el Pau i l'Àlex.

—Jo puc utilitzar els meus poders —va dir la Nenúfar.

—Ni se t'acudeixi! Què vols? Lligar-nos a tots una altra vegada amb les teves plantetes perquè el Rexi se'ns pugui cruspir sense esforç?! —va replicar el Fluski recordant el que havia passat abans amb els velociraptors robots.

La Pati Pla, en canvi, va considerar que la proposta de la Nenúfar podia ser una bona idea:

—Sí, Nenúfar. Utilitza els teus poders.

—QUÈ?! —va cridar la família—. ESTÀS BOJA?!

NYAC! NYAC! NYAC!

—No! Tinc una idea per treure la Matoll i el Llampec de la panxa del Rexi —va respondre la Pati Pla mentre esquivava tres mossegades—. Au, Nenúfar, lliga el Rexi amb una enfiladissa! Utilitza els teus poders!

—D'acord, Pati!

I la Nenúfar ho va fer.

I, evidentment..., va lligar la Pati Pla!

—Ho he fet bé, Pati Pla? —va preguntar la Nenúfar, que pensava que havia tornat a fallar.

—Just com ho havia pensat.

—Correcte! —va dir l'Àlex deduint quin era el pla de la Pati Pla.

—Correcte?! —van deixar anar el Fluski i el Pau, que no entenien res—. Que se la menjarà!

—Exacte! I quan se la mengi, agafarà la Matoll i el Llampec i nosaltres els traurem de dins la panxa estirant des de l'altra punta de l'enfiladissa. Oi, Pati Pla, que aquest és el teu pla?

La Pati Pla no va respondre. Abans que pogués dir sí o no, ja viatjava gola avall cap a dins de la panxa del Rexi. De totes maneres, l'Àlex estava convençuda que aquella era la intenció de la Pati Pla.

—Vinga, va, agafeu l'enfiladissa i espereu el senyal de la Pati —va ordenar l'Àlex fent-ho ella la primera.

—Quin senyal? —va preguntar el Pau, agafant l'enfiladissa.

—Suposo que la Pati ens farà un senyal quan tingui la Matoll i el Llampec perquè estirem —va contestar l'Àlex.

—Us adoneu que aquest pla és una bajanada, oi? —va queixar-se el Fluski, que, agafat a l'enfiladissa, havia hagut d'esquivar les mossegades—. Si la Pati Pla no s'espavila, aviat els farem una visita.

Llavors, de cop i volta..., tots van notar com algú estirava de l'altra banda de l'enfiladissa.

—EL SENYAL!!!! ESTIREU!!!! ARA!!!!!

—Genial! Ho he aconseguit! —va cridar la Pati Pla al veure's a fora acompanyada de la Matoll i el Llampec.

—Fins que no li traiem aquesta cosa del cap al Rexi, no haurem aconseguit res —va opinar el Pau, que havia hagut de saltar damunt de la Pati Pla perquè no se la tornessin a menjar.

—I qui és el valent que se li enfila al cap i l'hi treu? Algun voluntari? —va preguntar el Fluski, deixant clar que no comptessin amb ell.

Tant la Nenúfar com la Matoll estaven disposades a fer el que calgués per alliberar el Rexi del control mental d'aquell aparell.

Però... abans que poguessin fer res... una bola de pèl enrabiada se'ls va avançar!

El Llampec, enfadat com estava amb el Rexi perquè se l'havia cruspit sense miraments, es va llançar ferotge contra el tiranosaure. El Rexi en feia deu mil com ell, però el Llampec mossegava tan fort amb les seves dentetes que el tiranousaure no va tenir altre remei que començar a córrer intentant fugir sense èxit d'aquella boleta de pèl rabiosa.

NYAC! NYAC! NYIC!

AU! AI! AUUUUU!

—Uau! Recordeu-me que mai em fiqui amb un hàmster enfadat —va dir el Fluski veient com el Llampec perseguia amb ferocitat el Rexi fins que...

El pobre dinosaure va acabar xocant de cap contra una paret en la seva fugida!

Per fortuna, el **REXI** portava casc.

Un casc de control mental que el tornava malvat i que, gràcies al cop, es va fer miques i va permetre que el Rexi tornés a ser el Rexi immediatament.

—Que bé! Ja tornes a ser el de sempre! —va dir la Nenúfar abraçant-lo contenta mentre la Matoll subjectava el Llampec, que continuava enfadat pel que havia viscut a la seva panxa.

—Ara sí que ho hem aconseguit, oi? —va preguntar la Pati Pla per assegurar-se de no cantar victòria abans d'hora, com havia fet abans.

—Ara sí —van respondre el Pau, l'Àlex i el Fluski.

—No! Encara no! —va contradir-los la Matoll—. Ens falta fer una cosa: ocupar-nos d'aquest parell —va afegir assenyalant el Sr. Pla i el Rick, que estaven intentant fugir sense cridar l'atenció—. Rexi, tots teus! Fes amb ells el que vulguis!

—**AI, MARETA, CAP! QUÈ ENS FARÀ, AQUESTA BÈSTIA?! QUÈ ENS FARÀ?!** —va exclamar el Rick molt espantat.

La Matoll esperava que el Rexi, enfadat per tot el que li havien fet el Sr. Pla i el Rick, se'ls cruspís ben cruspits, mastegant-los ben mastegats abans d'empassar-se'ls. Però, com que el Rexi tornava a ser el tiranosaure afectuós de sempre, l'únic que va voler fer va ser...

Llepar-los de dalt a baix com si fos un cadell juganer!

—Si ja ho deia la Nenúfar abans, que és un tros de pa —va dir la Matoll, decebuda perquè el Rexi no se'ls havia cruspit salvatgement com ella hauria volgut.

Aquell no era el final de la missió de rescat que ella havia imaginat, però la veritat és que tampoc es podia queixar. Perquè, gràcies a l'ajuda de la Pati Pla, el Pau, el Fluski i l'Àlex...

la Nenúfar i la Matoll
ho havien aconseguit!

Havien alliberat el Rexi, havien tret el Llampec de dins la seva panxa i...

...dilluns podrien tornar l'hàmster a l'escola sense que ningú sabés el que havia passat.

—Espero que t'ho hagis passat bé amb mi, Llampec —va dir la Matoll abans de tornar l'animal a la senyoreta—. Hem viscut tota una aventura, eh?

«Massa aventura!», va pensar el Llampec, feliç de tornar sa i estalvi a la classe.

Per sort, el cap de setmana havia acabat i mai més hauria de tornar a aquella casa.

O això pensava ell.

Perquè el divendres següent, quan la senyoreta va fer un nou **HAMSTERSORTEIG**, el que va sentir va ser:

—I aquest cap de setmana, el Llampec el passarà a casa de...

La Nenúfar!

Però aquesta, súper, ja és una altra història.

Fi

Activitats

Ei, súper! El pobre Rexi s'ha quedat blanc després de l'aventura viscuda. Ajuda'l! Dibuixa-li o enganxa-li tot de floretes perquè estigui més maco.

NI SE T'ACUDEIXI FER CAS DE LA NENÚFAR, SÚPER. PINTA UN TIRANOSAURE BEN TERRORÍFIC!

Ecs! El pobret Llampec ha quedat ben fastigós després de passar-se tot el llibre a la panxa del Rexi.

Ajuda'l perquè torni a ser l'hàmster més cuqui del món, súper! Frega'l amb pètals de floretes perquè faci bona oloreta.

El Rexi és el nostre amic salvatge.
Tu tens algun amic com el Rexi, súper?
Enganxa una foto teva amb el teu amic gat,
gos, periquito, llangardaix, coala, etc.

EL MEU AMIC SALVATGE

EI, QUÈ HI FAN AQUEST PARELL, AQUÍ?!

Matoll. segur que volen capturar l'amic salvatge del súper,

QUÈ?!!! NI PARLAR-NE!

Súper, arrenca aquesta pàgina, fes-ne una bola i llença el Sr. Pla i el Rick ben lluny!!!!

Índex

A reveure,
fins a la propera
aventura

Alerta, súper!
Si ajudes la Nenúfar i la Matoll a fer aquest diari... descobriràs tots els seus secrets! Però per ajudar les elfes de la família del Super3 hauràs de tacar el diari de pintura, saltar-hi al damunt, foradar-lo, mullar-lo, arrencar pàgines...
T'hi atreveixes?